AF234237

Yf
115
(2)

COLLECTION NOUVELLE DE LA FRANCE DRAMATIQUE

# LA DAME DE BRONZE ET LE MONSIEUR DE CRISTAL

Comédie en un acte

par

## HENRI DUVERNOIS

N° 2

*Supplément à*
**LA REVUE HEBDOMADAIRE**
*du 18 février 1922*

## LIBRAIRIE STOCK
**Delamain, Boutelleau et Cⁱᵉ, Éditeurs. PARIS**

*En vous abonnant à*

# LA REVUE
# HEBDOMADAIRE

*vous avez pour* **52 francs par an**
**(Payables en deux fois sur demande)**
*c'est-à-dire pour* **1 franc par semaine :**

□ 1° **UNE REVUE LITTÉRAIRE** égale aux plus grandes Revues, par la qualité de ses signatures. Les meilleurs **Romans**, les meilleures **Nouvelles**, les meilleures **Conférences.** □ □ □ □ □ □ □ □ □

□ 2° **UNE REVUE POLITIQUE** d'un caractère particulier dans la presse périodique, par sa **Tribune libre parlementaire.** □ □ □ □ □ □ □

□ 3° **UNE REVUE THÉATRALE,** par son **Supplément théâtral gratuit,** au moins une pièce par mois en une élégante brochure in-4° couronne, ornée d'un frontispice. □ □ □ □ □ □ □

□ 4° **UNE REVUE ILLUSTRÉE,** par son **Supplément illustré d'actualité.** □ □ □ □ □

*Et 52 francs de* **PRIMES de LIBRAIRIE**
*permettant le remboursement du prix de l'abonnement*
(Catalogue spécial contre **0 fr. 10** en timbres-poste)

**SPÉCIMEN GRATUIT SUR DEMANDE**
**PLON — 8, rue Garancière — PARIS**


PARIS. — TYP. PLON-NOURRIT ET Cⁱᵉ, 8, RUE GARANCIÈRE. — 27425

# LA DAME DE BRONZE
## ET LE MONSIEUR DE CRISTAL

### COMÉDIE EN UN ACTE DE HENRI DUVERNOIS

*A Monsieur Camille CHOISY.*

REPRÉSENTÉE POUR LA PREMIÈRE FOIS AU THÉATRE DU GRAND GUIGNOL, LE Ier OCTOBRE 1921

| PERSONNAGES | ACTEURS | PERSONNAGES | ACTEURS |
|---|---|---|---|
| SOURCIER................. | MM. L. Scott. | ALIQUE.................. | M. Diéner. |
| PASSANDEAU............. | Defresne. | | |
| LE PRINCE.............. | Gobet. | Mme SOURCIER........... | Mme Daurand. |

Une chambre confortable, avec un petit lit de cuivre. M. Sourcier peint sur un chevalet en chantant.
On frappe

## SCÈNE PREMIÈRE
### M. SOURCIER, LE PRINCE

SOURCIER

Entrez!... Oh! pardon!... que Monseigneur daigne prendre la peine d'entrer...

LE PRINCE

Bonjour, monsieur Sourcier.

SOURCIER

Bonjour, monseigneur.

LE PRINCE

Que je ne vous dérange pas, surtout! Continuez. Vous peignez en chantant?

SOURCIER

Oui, monseigneur, comme dans le bâtiment!

LE PRINCE

Indice d'une conscience pure. *(Indiquant le tableau.)* Paysage?

SOURCIER

Paysage.

LE PRINCE

Charmant!

SOURCIER, *s'inclinant.*

Monseigneur... tant de bienveillance me flatte et m'honore.

LE PRINCE

Charmant! Ce sont des troènes en fleurs?

Tous droits réservés pour tous pays. Copyright 1922. Delamain, Boutelleau et Cie. — Paris.

**SOURCIER**

Ce sont plutôt ces légères vapeurs qui traînent à l'aurore...

**LE PRINCE**

Parfaitement ! Excusez-moi...

**SOURCIER**

Oh ! monseigneur, je peins de mon mieux ; après quoi chacun peut mettre sur mes tableaux ce qui lui fait plaisir : un amoureux trouvera dans ce nuage la forme de la femme aimée ; un philosophe y découvrira une pensée ; je laisse libre cours à toutes les interprétations et je renonce volontiers à mes vapeurs en faveur de vos troènes.

**LE PRINCE**

Voilà qui est tout à fait aimable et poétique. Le tableau est terminé ?

**SOURCIER**

Il vous plaît ainsi ?

**LE PRINCE**

Beaucoup.

**SOURCIER**

Alors, je n'ai plus qu'à signer.

**LE PRINCE**

Abordons la question délicate. Combien ?

**SOURCIER**

Quatre mille.

**LE PRINCE**

Cinq, en chiffres ronds. J'achète. Est-ce sec ?

**SOURCIER**

Pas tout à fait.

**LE PRINCE**

Fâcheux ! Je dois partir ce soir.

**SOURCIER**

Vous êtes toujours décidé à nous quitter, monseigneur ?

**LE PRINCE**

Ma charge m'appelle. Mes secrétaires ont reçu les ordres. Les malles sont faites. L'auto est prête. Adieu, vacances !

**SOURCIER**

Quel dommage ! Vous ne verrez pas le jardin au printemps... Une féerie, monseigneur.

**LE PRINCE**

Monsieur Sourcier, celui qui est appelé aux grandes affaires par le malheur de sa naissance doit laisser les petites joies pour les grands soucis. Vous avez la meilleure part. Les artistes vivent dans un Éden où je me suis interdit de pénétrer, bien que je touche assez délicatement du piano. Je suis voué aux soucis réalistes, hélas ! Et si vous m'avez vu crayonner parfois sur mon carnet, ce n'étaient ni des rimes ni des croquis, mais des chiffres affreux, de sombres statistiques et des budgets moroses. Allez ! il y aura bien des jours où, de là-bas, je vous envierai !

**SOURCIER**

Oh ! monseigneur !...

**LE PRINCE**

Si, si, je vous assure.

## SCÈNE II

### SOURCIER, LE PRINCE, ALIQUE

**ALIQUE**

Je crois que monseigneur est attendu chez lui.

**LE PRINCE**

Nous partons ce soir ?

**ALIQUE**

Oui.

**LE PRINCE**

Je n'ai que le temps. Monsieur Sourcier, au revoir.

**SOURCIER**

Mes hommages, monseigneur.

**LE PRINCE**

Je garderai de vous un excellent souvenir. D'abord j'avais contre vous quelques préventions et puis je n'ai pas tardé à m'apercevoir que vous logiez le plus exquis des petits oiseaux dans votre grande barbe.

**SOURCIER**

Je suis confus...

**LE PRINCE**

On croit que vous parlez. Erreur ! C'est le petit oiseau qui chante et c'est ravissant !... Tu... tu... tu... tu... tu... tu... Je désire vous laisser un témoignage de ma sympathie. Je vous nomme commandeur de mon ordre.

**SOURCIER**

Mille remerciements.

**LE PRINCE**

C'est une croix d'émail rouge avec un ruban vert.

SOURCIER

Cela m'ira à ravir.

LE PRINCE, *se coiffant de son chapeau haut de forme qu'il met sur le côté.*

Baisez-moi la main.

ALIQUE

Allons. Ça va bien.

LE PRINCE

Baisez-moi la main, volaille !

ALIQUE

Rentrez immédiatement.

LE PRINCE

Vous, je vous dégrade.

ALIQUE

C'est entendu.

LE PRINCE

Le chameau passe ! L'arc-en-ciel triomphe ! *Date panem egentibus.* Salutations distinguées. Et zut à celui qui saura m'entendre ! Nous disons : accolade, six chemises 497 E. A. à 8 fr. 75 ; 144 pantalons zéphir à 11 fr. 95. Je suis un pâtre des montagnes... Trou la la la la itou...

*(Il disparaît.)*

# SCÈNE III

## SOURCIER, ALIQUE

SOURCIER

Pauvre homme ! Chaque matin, il croit qu'il partira le soir ! et il ne part pas. Et il recommence. Il m'avait acheté mon tableau...

ALIQUE

Il devient très nerveux... Et vous, comment vous sentez-vous, monsieur Sourcier ?

SOURCIER

Moi ? Très bien *(sursautant)*, sauf que je suis toujours en cristal, docteur.

ALIQUE

Ah ! Ah !

SOURCIER

En cristal les jours impairs.

ALIQUE

Et les jours pairs ?

SOURCIER

Les jours pairs, je suis en amadou.

ALIQUE

Diable !

SOURCIER

Je ne vis pas, j'ai peur de flamber. Mettez-vous un peu à ma place. Un accident est si vite arrivé !

ALIQUE

Travaillez ! Ça vous distraira... Ah ! voilà le parc à l'aurore.

SOURCIER

Je l'ai enlevé ce matin, en pleine pâte.

ALIQUE

Mes compliments ! Vous ne donnez pas dans les godants modernes : cubisme, dadaïsme..., etc... Et même expliquez-moi comment il se fait qu'étant d'une nature... comment dirais-je... un peu... tourmentée, vous apportiez tant de fraîcheur, tant de simplicité à vos travaux artistiques ?

SOURCIER

Ce sont les bourgeois qui peignent comme des petits fous. Moi, j'ai tant de fantaisie dans l'âme qu'en art la vérité me suffit. Limpide comme le cristal, j'en ai malheureusement la fragilité...

ALIQUE

Passons à un autre sujet. Il y a ici un de vos amis qui désire vous voir.

SOURCIER

Qu'il entre, mais qu'il parle bien doucement.

ALIQUE

Pourquoi ?

SOURCIER

Pour ne pas me fêler. Son nom ?

ALIQUE

M. Passandeau. Vous vous souvenez de lui ?

SOURCIER

Très bien ! C'est un mari malheureux.

ALIQUE

Il ne faudra pas le lui révéler.

SOURCIER

C'est la vérité.

ALIQUE

Toute vérité n'est pas bonne à dire... Et puis cette particularité — curieuse j'en conviens, —

que vous êtes tantôt de cristal, tantôt d'amadou, je vous assure que ça ne se voit pas.

#### SOURCIER

Pourtant, je suis transparent.

#### ALIQUE

D'accord, mais il est inutile d'en parler à
votre ami... Il me paraît très impressionnable...
Il irait le raconter partout et ça vous ferait du
tort. Je peux compter sur vous?

#### SOURCIER

Comptez sur moi.

#### ALIQUE, *ouvrant la porte.*

Entrez, monsieur.

## SCÈNE IV

### SOURCIER, ALIQUE, PASSANDEAU

#### PASSANDEAU

C'est moi, mon vieux !

#### ALIQUE

Je vous laisse.

#### PASSANDEAU, *inquiet.*

Vous nous laissez, docteur?

#### ALIQUE

Vous devez avoir beaucoup de choses à vous
raconter.

#### PASSANDEAU

Mais non !

#### SOURCIER

Mais si !

#### PASSANDEAU

Bonjour, Eugène.

#### SOURCIER, *rectifiant.*

Cristal... je suis cristal !

#### PASSANDEAU

Bonjour... cristal... Décidément, vous nous
laissez docteur? Je ne puis rester qu'une minute...
Et puis c'est si grand, ici ! Jamais je ne retrou-
verai la sortie..

#### ALIQUE

La sonnette est là... Dès que vous sonnerez,
un domestique viendra vous reconduire. Il y
a un domestique en permanence... A tout à
l'heure, monsieur Sourcier... Monsieur...

#### PASSANDEAU, *d'une voix faible.*

Docteur... vous n'êtes pas de trop... docteur...

## SCÈNE V

### SOURCIER, PASSANDEAU

#### SOURCIER, *se mettant devant la sonnette.*

Ce bon Victor !...

#### PASSANDEAU, *faussement jovial.*

Eh ! dis donc, vieux, viens un peu par ici...
qu'on te voie..., tu es là... devant la sonnette...
Je suis Passandeau... Victor Passandeau... tu
me reconnais ! Tu as une mine superbe... Je
t'ai apporté des crottes de chocolat, tu les aimes?

#### SOURCIER

Je les ai en horreur.

#### PASSANDEAU

Allons, bon !

#### SOURCIER

Merci tout de même ! Je n'aurais pas cru que
tu viendrais... De ta part, c'est épatant.

#### PASSANDEAU

De vieux amis comme nous ! C'est trop naturel ! Je t'aime beaucoup, Eugène, et toi?

#### SOURCIER

Je t'adore !

#### PASSANDEAU

*All right!* Il ne faut pas te mettre en colère
parce que je t'ai apporté des crottes de chocolat. La prochaine fois j'apporterai des fon-
dants ou des caramels mous...

#### SOURCIER

Donne ton paquet et n'aie pas peur, imbécile !

#### PASSANDEAU

Moi, peur? De quoi aurai-je peur?

#### SOURCIER

Attends ! *(Il vérifie derrière les portes.)* Personne ne nous écoute !

#### PASSANDEAU, *entre ses dents.*

Nom d'un chien !

#### SOURCIER

Passandeau, tu me fais pitié... Je te dis de
ne pas avoir peur.

**PASSANDEAU**

Encore !

**SOURCIER**

Je ne suis pas fou.

**PASSANDEAU**

Bien entendu.

**SOURCIER**

Je te jure que je ne suis pas fou.

**PASSANDEAU**

Tu es un peu surmené comme tous les artistes, voilà tout... Un bon repos..., de l'hydrothérapie...

**SOURCIER**

Veux-tu une preuve?

**PASSANDEAU**

Pas la peine.

**SOURCIER**

Je sais que je ne suis ni en cristal ni en amadou... Je suis comme toi, comme tout le monde, fait de chair et d'os..., pas plus fier pour ça, Seigneur ! mais conscient. Tu ne me crois pas?

**PASSANDEAU**

Je te crois ! Je te crois !

**SOURCIER**

Ouais ! On t'a recommandé de ne pas me contrarier.

**PASSANDEAU**

Ne sois pas injuste, Eugène... Je suis venu ici pour me rendre compte... Tu as pu avoir une petite crise... les nerfs ont été plus forts que le sang, mais c'est fini... Bravo !... Laisse-moi faire : un de ces quatre matins, je te prendrai par le bras et je t'emmènerai.

**SOURCIER**

Ça, c'est une autre affaire !

**PASSANDEAU**

Comment, c'est une autre affaire ! Tu sais... où tu es?

**SOURCIER**

Dans la maison de santé du docteur Alique.

**PASSANDEAU**

Alors?

**SOURCIER**

Prends ta pipe... Je vais allumer la mienne et tu vas tout savoir... à condition de me garder le secret. Ta parole?

**PASSANDEAU**

Ma parole.

**SOURCIER**

Comment me trouves-tu installé?

**PASSANDEAU**

Admirablement.

**SOURCIER**

N'est-ce pas?... Un bon lit..., une lumière parfaite... Les serviteurs sont obligeants, la cuisine est excellente et le parc est magnifique... Il y a bien les loufoques...

**PASSANDEAU**

Bah !

**SOURCIER**

Mais on en rencontre autant dans la vie ordinaire et ils sont beaucoup plus dangereux... Ici je me suis fait des relations ; j'ai comme ami un ancien bonnetier qui s'imagine être prince. Tel que tu me vois il vient de me nommer commandeur de son ordre et de m'acheter ce tableau. C'est une idée qui ne te serait jamais venue !

**PASSANDEAU**

Tu sais, dans les appartements modernes, il n'y a que des portes et des fenêtres. Ah ! si j'avais des murs, je t'aurais fait une commande depuis longtemps...

**SOURCIER**

Ouais... Il y a des dames : la fée Urgèle qui compte soixante-dix-sept printemps... Diane chasseresse qui pèse quatre-vingt-douze kilogs et Marguerite de Bourgogne qui était patronné d'un important bateau-lavoir. Et après? Le fou est tout simplement un homme qui n'a pas honte de ses rêves, un ambitieux ingénu. Ici, pas de jaloux, chacun est satisfait de son sort. Pour un pauvre type comme moi qui s'obstine à aimer ses semblables, quel repos de ne plus voir ces faces vertes de bile, de ne plus constater les ravages de l'envie sur les sales gueules des gens raisonnables ! Chacun a sa manie, mais chacun croit qu'elle est réalisée, ce qui fait que l'on est entouré de mabouls si tu veux, mais de gens affables, courtois, indulgents, comblés...

**PASSANDEAU**

Et toi?

**SOURCIER**

Je me lève de bonne heure ; je fais un tour dans le parc, je travaille quand je veux. Personne ne me trouble, tu entends, personne !

Je mange comme quatre, je me couche avec le soleil et je dors comme un petit enfant.

PASSANDEAU

Écoute, Eugène ; en venant te voir, j'avoue que j'avais des craintes ; mais te je retrouve tel que je t'ai toujours connu. Tu as tes idées à toi, mais tout le monde ne peut pas avoir les idées de tout le monde. Tu as eu une indisposition passagère, te voilà guéri. Compte sur moi, mon bon Eugène. Je vais faire les démarches nécessaires et demain matin, après-demain, au plus tard, tu seras chez toi.

SOURCIER

Tu es donc complètement bouché, mon pauvre vieux? Je ne veux pas sortir d'ici.

PASSANDEAU

Tu ne veux pas sortir d'ici?

SOURCIER

Non.

PASSANDEAU

Et pourquoi?

SOURCIER

Parce que chez moi, il y a ma femme.

PASSANDEAU

J'y suis ! Mathilde !

SOURCIER

Mathilde ! Rien que d'entendre prononcer ce nom, j'ai ai la sueur froide. Comprends donc : fou je vis ici, divinement tranquille... Seul ! seul ! enfin seul !... Guéri, il me faudrait la revoir, continuer à vivre avec elle et ça, jamais ! J'éprouve la sensation délicieuse d'un monsieur qui vient de retirer une bottine qui lui faisait mal... Et tu me parles de remettre ma bottine ! En réalité, je ne vis que depuis six mois. Depuis six mois, je connais le bonheur. Sais-tu ce que c'est?

PASSANDEAU

Non... Autrefois, je croyais que je savais ce que c'était ; maintenant j'y ai renoncé, pour avoir moins de regrets... Qu'est-ce que c'est, Eugène?

SOURCIER

Le bonheur, c'est une chambre, de beaux arbres, des toiles, des pinceaux, des couleurs et la paix. Voilà ce que j'ai obtenu. Et tu veux que j'y renonce !

PASSANDEAU

Tu serais donc ici de ton plein gré?

SOURCIER

De mon plein gré ! Je respire ! Jamais je n'ai été plus libre. Je vérifie chaque jour la forte parole de Pascal : « Tout le malheur des hommes vient de ne pas savoir se tenir en repos dans une chambre. »

PASSANDEAU

Il avait raison, ton Pascal.

SOURCIER

Tu la connais cependant, Mathilde !

PASSANDEAU

Oui...

SOURCIER

Quels cris !

PASSANDEAU

Elle criait beaucoup.

SOURCIER

Ça me donnait des migraines terribles.

PASSANDEAU

Pourquoi n'as-tu pas demandé le divorce?

SOURCIER

Impossible.

PASSANDEAU

C'est vrai ; elle t'est fidèle..., elle a des défauts, mais elle est d'une honnêteté...

SOURCIER

D'autant plus admirable que personne ne lui en est reconnaissant.

PASSANDEAU

Ne blasphème pas.

SOURCIER

Tu es bon, toi ! Un jour j'ai failli me tuer.

PASSANDEAU

Non?

SOURCIER

Si ! Je n'en pouvais plus... J'ai songé sérieusement au suicide... Seulement, comme c'était Mathilde qui tenait les clefs de la caisse, je me trouvais acculé à un suicide économique : la noyade en Seine, par exemple.

PASSANDEAU

Ça t'a dégoûté?

SOURCIER

Et puis il faisait beau. J'ai songé qu'il continuerait à faire beau pour Mathilde et ça m'a retenu. D'ailleurs j'aime la vie ; je n'attends d'elle que d'humbles petits cadeaux ; mes joies sont pures et modestes : regarder un arbre qui ne pose pas pour moi, me chauffer à un rayon de soleil, m'asseoir dans un bon fauteuil et lire le livre d'un monsieur qui a eu l'obligeance de se fatiguer à voyager ou à aimer à ma place. Je suis né spectateur. Je ne m'ennuie jamais. J'apprécie le silence. Quelle musique pour quelqu'un qui a eu pendant vingt ans les oreilles torturées par des glapissements sans nom !... Je commençais donc à désespérer, c'est-à-dire à me résigner ; j'étais condamné à Mathilde à perpétuité quand j'eu eu une idée de génie !... La maison de santé ; me faire enfermer comme fou...

PASSANDEAU

Tous les avantages de la prison sans les inconvénients.

SOURCIER

La possibilité d'achever douillettement ce qu'il me reste à vivre, sans être dérangé, loin de ma femme ! Dès lors mon siège était fait. Un matin, comme Mathilde commençait à rugir, je l'écartai d'un geste et je lui dis...

PASSANDEAU

Tu lui dis que tu étais l'âme de Paganini.

SOURCIER

Et bien d'autres insanités encore ! Enfin, nu comme un mur d'église j'ajoutai, en brandissant un sabre, que je mourais d'envie de décapiter une dame et que je la priais de bien vouloir se prêter à cette fantaisie...

PASSANDEAU

Qu'est-ce qu'elle t'a répondu ?

SOURCIER

Elle m'a répondu : « Ne fais pas l'idiot. Habille-toi, ou tu vas avoir affaire à moi. » Là-dessus je redoublai d'invectives et de menaces, si bien que, deux jours après, j'étais ici, enfermé... libre !

PASSANDEAU

Et ta femme ?

SOURCIER

Elle vient me voir deux fois par semaine. Elle va arriver tout à l'heure, une orange dans une main, un sac de pralines dans l'autre. Tandis que je divague, elle me raconte des histoires de domestiques. Nous ne nous écoutons pas. C'est tout à fait comme jadis. Seulement ça ne dure que dix minutes. Au bout de dix minutes, elle fiche son petit camp et je retrouve mon paradis !

PASSANDEAU

Si je m'attendais à ça ! Et tu n'as jamais la tentation de sortir ?

SOURCIER

Pourquoi en aurais-je la tentation ?

PASSANDEAU

C'est vrai. Pourquoi ? Et le docteur ?

SOURCIER

Il vient me voir. Nous échangeons des politesses. Il me demande des nouvelles de ma santé ; je lui réponds que je suis toujours en cristal, que c'est bien fragile et il est content, ce brave homme ! Je ne complique plus mon histoire ; ce n'est pas la peine de me fatiguer... Je ne t'ai pas demandé de nouvelles de Mme Passandeau...

PASSANDEAU

Elle va et elle vient..., elle va et elle vient beaucoup... Sapristi de sapristi... Dis donc, mon vieux... La pension est chère ici ?

SOURCIER

Cent louis par mois.

PASSANDEAU

Vin compris ?

SOURCIER

Tout compris.

PASSANDEAU

C'est à noter...

SOURCIER

Ah ! j'ai eu tort de te donner le tuyau. Si tout le monde se met à en profiter.

PASSANDEAU

L'examen d'entrée n'est pas difficile en somme. Dieu ! qu'on est bien ici ! Quel repos !

SOURCIER

J'entends quelqu'un...

*(On frappe.)*

PASSANDEAU

Je pars...

SOURCIER

Deux coups secs. C'est ma femme. Entrez

## SCÈNE VI

SOURCIER, PASSANDEAU, Mme SOURCIER

**M<sup>me</sup> SOURCIER**

Tiens ! vous êtes là, monsieur Passandeau?

**PASSANDEAU**

Mais oui, madame Sourcier. La santé est toujours bonne?

**SOURCIER**

Cristal ! *(Il se donne des pichenettes sur la joue.)* Ding ! Ding ! Ding !

**M<sup>me</sup> SOURCIER**

Qu'est-ce que vous êtes venu faire ici?

**PASSANDEAU**

Dire bonjour à Eugène.

**M<sup>me</sup> SOURCIER**

Il ne faut pas rester longtemps avec lui. Il a besoin de repos.

**SOURCIER**

Ding !

**PASSANDEAU**

Je m'en allais.

**SOURCIER**

Ding ! Ding !

**M<sup>me</sup> SOURCIER**

A l'avantage ! On a toujours à faire chez soi, surtout quand on est marié. Germaine danse toujours?

**PASSANDEAU**

Mais oui.

**M<sup>me</sup> SOURCIER**

C'est nerveux !

**SOURCIER**

Plus bas ! Tu vas me fêler.

**PASSANDEAU**

Au revoir, vieux. A bientôt.

**M<sup>me</sup> SOURCIER**

A bientôt, non.

**SOURCIER**

Compliments tout ce qu'il y a de plus distingués. Je suis votre petit serviteur. Mes hommages aux pieds de la reine.

**PASSANDEAU**

Je n'y manquerai pas. Bonsoir, madame.

## SCÈNE VII

SOURCIER, Mme SOURCIER

**M<sup>me</sup> SOURCIER**

Bon vent ! Je ne peux pas le souffrir !... Et veux-tu que je te dise?

**SOURCIER**

Non.

**M<sup>me</sup> SOURCIER**

Eh bien ! au fond, je comprends sa femme.

**SOURCIER**

Élisabeth d'Angleterre !

**M<sup>me</sup> SOURCIER**

La faute de la femme est toujours de la faute de l'homme. Je peux en parler librement, vu que je suis toujours restée pure.

**SOURCIER**

Attention !

**M<sup>me</sup> SOURCIER**

Quoi?

**SOURCIER**

Une fausse note et je tombe en miettes !

**M<sup>me</sup> SOURCIER**

Tu m'embêtes.

**SOURCIER**

Ding !

**M<sup>me</sup> SOURCIER**

Tiens, voilà ton orange et tes pralines.

**SOURCIER**

Merci, Catherine de Médicis !

**M<sup>me</sup> SOURCIER,** *haussant les épaules.*

Catherine de Médicis à présent !

**SOURCIER**

L'orange est trop molle, les pralines sont trop dures, mais le soleil est un million quatorze cent mille fois plus gros que la terre.

**M<sup>me</sup> SOURCIER**

Toujours tes exagérations !

SOURCIER

N'approche pas !

M<sup>me</sup> SOURCIER

C'est ton jour de cristal?

SOURCIER

Oui. Tu pourrais me casser.

M<sup>me</sup> SOURCIER

On te recollera. Qui est-ce qui t'enlèvera cette stupidité de la tête?

SOURCIER

Ce n'est pas une stupidité. Cristal. Ding !

M<sup>me</sup> SOURCIER

Et demain tu seras en amadou?

SOURCIER

Probablement !

M<sup>me</sup> SOURCIER

Mais, idiot, si tu étais fait de cristal ou d'amadou, tu ne vivrais pas.

SOURCIER

Je vois ce qui échappe aux autres. Je suis le seul, le seul à ne pas être dupe des apparences. Ainsi, toi, en quoi te figures-tu que tu es?

M<sup>me</sup> SOURCIER

Il ne s'agit pas de moi.

SOURCIER

Tu es en stéarine. Ne retire pas ton chapeau...

M<sup>me</sup> SOURCIER

Pourquoi?

SOURCIER

Parce que le bonnetier m'a fait commandeur.

M<sup>me</sup> SOURCIER

Tu n'as jamais eu de conversation, mais maintenant tu deviens impossible... Tu ne me demandes même pas ce qu'il y a de nouveau à la maison... J'ai flanqué la bonne à la porte...

SOURCIER

Ding ! Ding ! Ding !

M<sup>me</sup> SOURCIER

Je mets le reste du saumon dans le buffet. Bon ! Qu'est-ce que je vois? On avait creusé la farce du saumon avec le doigt. J'appelle Léonie. Je fais : « Léonie, ne mentez pas, vous avez creusé le saumon et avec votre doigt encore ! » « Non, madame, qu'elle me répond, je n'ai pas creusé le saumon avec mon doigt, madame n'a qu'à sentir ! »

SOURCIER

En voilà assez !

M<sup>me</sup> SOURCIER

Là-dessus, je cherche un sergent de ville. Jamais il n'a voulu lui passer les menottes. J'ai pris son numéro et j'ai porté plainte au préfet de police. Mais, sur ces entrefaites, je me suis réconciliée avec Léonie. Elle est gourmande, soit, mais elle repasse si bien !

SOURCIER

Arrête, Catherine de Médicis ! Cette histoire me porte sur le système nerveux ! Mes mâchoires s'entre-choquent ! Mes cheveux se hérissent ! J'ai envie que tu t'en ailles ! Va-t'en, Mathilde, va-t'en ! Nous avons assez ri ! C'est le moment ! C'est l'instant ! Je te défends d'ôter ton chapeau.

M<sup>me</sup> SOURCIER

Je l'ôterai !

SOURCIER

Il te faut un quart d'heure pour le remettre et tu dois être partie d'ici dans cinq minutes !

M<sup>me</sup> SOURCIER

Eugène !

SOURCIER

La pendule retarde...

M<sup>me</sup> SOURCIER

Eugène, es-tu lucide?

SOURCIER

Oui.

M<sup>me</sup> SOURCIER

Sûrement?

SOURCIER

Lucide, translucide...

M<sup>me</sup> SOURCIER

Tiens-toi bien... Je te prépare une surprise extraordinaire !

SOURCIER

Pas de surprises ! Elles me donnent chaud à la tête.

M^me SOURCIER

Embrasse-moi.

SOURCIER

C'est ça ! Au revoir !

M^me SOURCIER

Non, pas au revoir.

SOURCIER

Comment?

M^me SOURCIER

Grande nouvelle, mon bibi; nous n'allons plus nous quitter.

SOURCIER

Je ne veux pas partir d'ici.

M^me SOURCIER

Laisse-moi t'expliquer.

SOURCIER

Ding ! Je me rends compte... Ding !... Tu me vois comme ça, très doux, très tranquille et tout à coup, je me connais : il me prend l'envie de décapiter une dame ou de me mettre tout nu en poussant de grands cris... Relis le bail, tu verras, tu aurais des désagréments avec le propriétaire... Je préfère me sacrifier... Voilà... tu as une mine éblouissante... J'ai été bien content de te revoir. A la semaine prochaine. Couvre-toi bien. Bons souvenirs à Léonie. Une autre fois, apporte-moi des bananes et du sucre de pomme.

M^me SOURCIER

Vas-tu me laisser t'expliquer?

SOURCIER

Non.

M^me SOURCIER

Je te répète que nous ne nous quitterons plus.

SOURCIER

Je ne veux pas rentrer à la maison.

M^me SOURCIER

Qui te parle de rentrer à la maison ! C'est moi qui m'installerai ici.

SOURCIER

Hein?

M^me SOURCIER

Chut !

SOURCIER

Quelle blague ! On ne voudra pas de toi.

M^me SOURCIER

C'est ce que nous verrons.

SOURCIER

Catherine de Médicis, je vous donne l'ordre de vous retirer dans vos terres ! Hors d'ici ! Hors d'ici ! *(Elle sonne.)* Pourquoi sonnes-tu?


# SCÈNE VIII

### SOURCIER, Mme SOURCIER, UN DOMESTIQUE


UN DOMESTIQUE

Madame a sonné?

M^me SOURCIER

Je voudrais voir le directeur.

LE DOMESTIQUE

Bien, madame.

*(Il sort.)*


# SCÈNE IX

### SOURCIER, Mme SOURCIER


M^me SOURCIER, *fouillant dans son réticule.*

Cette nuit, je ne dormais pas... Je m'ennuyais de toi... J'ai eu une idée...

*(Elle sort une bougie.)*

SOURCIER

Qu'est-ce que c'est que ça?

M^me SOURCIER

Une bougie. As-tu une allumette?

SOURCIER

Non... amadou...

M^me SOURCIER

Attends... j'ai une boîte... na...

SOURCIER

Comprends pas.

M<sup>me</sup> SOURCIER

Tu vas comprendre. Il y a une chambre vide à côté de la tienne. Je la prends.

SOURCIER

Toi !

M<sup>me</sup> SOURCIER

Moi ! Et nous allons continuer notre bonne petite existence à deux... Je ne suis pas mondaine... J'ai assez vu le cinématographe... Je me retire avec toi.

SOURCIER

C'est défendu ! Elle est bonne ! C'est défendu !

M<sup>me</sup> SOURCIER

Pas de domestique à surveiller... Ça sera la vie d'hôtel... le rêve !

SOURCIER

Le rêve !

M<sup>me</sup> SOURCIER

Plus un mot ! Voilà le docteur !

*(Elle allume sa bougie.)*

# SCÈNE X

SOURCIER, Mme SOURCIER, ALIQUE

ALIQUE

Vous me demandez, madame?

M<sup>me</sup> SOURCIER, *d'une voix étrange.*
Où suis-je?

ALIQUE

Pardon?

M<sup>me</sup> SOURCIER

Où suis-je? Pont de Grenelle !

SOURCIER

Ne faites pas attention, docteur ; c'est une blague...

ALIQUE, *professionnel.*

Attendez donc, attendez donc ! Laissez parler madame... C'est très intéressant ce qu'elle nous raconte là...

M<sup>me</sup> SOURCIER, *brandissant sa bougie.*

Pont de Grenelle ! La Liberté éclairant le monde ! Les vaisseaux peuvent venir ; je ne crains rien : je suis en bronze.

SOURCIER

Ne la croyez pas, docteur, elle fait ça pour m'embêter.

M<sup>me</sup> SOURCIER

Je ne suis pas en bronze?

ALIQUE

Mais si, madame, mais si !

SOURCIER

Elle m'a chipé ça !

M<sup>me</sup> SOURCIER

Menez-moi sur le pont de Grenelle. Il n'y a qu'à trouver une plate-forme solide, avec des roulettes..., c'est à côté ! C'est par là !

SOURCIER

Enfantin !

M<sup>me</sup> SOURCIER

Le mari de cristal, la dame de bronze...

ALIQUE

Il n'y a rien là que de très naturel. Ça se voit tous les jours...

M<sup>me</sup> SOURCIER

Je brandis le flambeau ! Où est la chambre à coucher?

ALIQUE

Je vous y conduis dans un instant.

M<sup>me</sup> SOURCIER

J'attends ! Je suis éternelle !

ALIQUE

Ayez un peu de patience. Tout s'arrangera à merveille.

*(Il sort.)*

# SCÈNE XI

SOURCIER, Mme SOURCIER

M<sup>me</sup> SOURCIER, *soufflant sa bougie.*

Et voilà ! Pas plus difficile que ça !

**SOURCIER**

Tu n'as pas honte de tromper ce brave docteur?

**M^me SOURCIER**

A qui est-ce que je fais du tort?

**SOURCIER**

A...

**M^me SOURCIER**

A personne ! Je me demande comment je n'y ai pas pensé plus tôt. Je me rongeais à rester loin de toi... Je me suis fâchée avec tout le monde... Une concierge assommante !... Nous serons deux bons petits retraités, des coqs en pâte. Je ferai de temps en temps la statue de la Liberté et ça nous permettra de vivre ensemble.

**SOURCIER**

D'abord, les dames sont séparées des messieurs.

**M^me SOURCIER**

Je me suis renseignée : on fait exception pour les ménages.

**SOURCIER**

Non...

**M^me SOURCIER**

Si...

**SOURCIER**

Qu'est-ce que tu fais?

**M^me SOURCIER**, *déplaçant le chevalet.*

Je range...

**SOURCIER**

Ne touche pas à mon tableau.

**M^me SOURCIER**

Ça sent mauvais, ici? Tu fumes la pipe ! Tu as fumé la pipe avec ce cochon de Passandeau?

**SOURCIER**

Oui.

**M^me SOURCIER**

Donne ta pipe.

**SOURCIER**

Ne me bouscule pas. Je suis en cristal.

**M^me SOURCIER**

Je m'en fiche.

**SOURCIER**

Ding !

**M^me SOURCIER**

C'était bon quand je restais dix minutes. Maintenant, je te préviens; la prochaine fois que tu seras en cristal, je te flanquerai une gifle.

**SOURCIER**

Je suis en amadou.

**M^me SOURCIER**

Et deux gifles pour l'amadou !

## SCÈNE XII

### SOURCIER, Mme SOURCIER ALIQUE

**ALIQUE**, *aimablement.*

La chambre est prête. (*S'effaçant*). Par ici, la statue de la Liberté !

**M^me SOURCIER**, *reprenant sa bougie.*

J'arrive ! Peuples, prosternez-vous ! Un seul lit nous suffira ! Vous étiez dans les ténèbres. J'apporte la lumière ! La lumière ! La lumière !

*(Elle sort.)*

**SOURCIER**, *retenant M. Alique.*

Docteur, un mot, je vous prie.

**ALIQUE**

Qu'y a-t-il?

## SCÈNE XIII

### SOURCIER, ALIQUE

**SOURCIER**

Fermez la porte !

**ALIQUE**

Bon.

*(Il ferme la porte.)*

**SOURCIER**

Docteur, je vous dois la vérité.

#### ALIQUE

Vite...

#### SOURCIER

Ma femme est une simulatrice.

#### ALIQUE

Bah !

#### SOURCIER

Une simulatrice.

#### ALIQUE, *ironique.*

Vous en êtes sûr, mon cher confrère?

#### SOURCIER

Très sûr. Elle vient de me le dire. Elle fait la folle pour rester avec moi.

#### ALIQUE

Elle ne serait donc folle que de vous?

#### SOURCIER

Exactement.

#### ALIQUE

Je ne vous aurais pas cru si fat, monsieur Sourcier !

#### SOURCIER

Oh ! elle tient surtout à m'embêter !

#### ALIQUE

Nous examinerons tout cela.

#### SOURCIER

Vous ne me croyez pas parce que vous vous imaginez que je suis fou ! Eh bien ! tant pis, docteur ! Le moment est venu de lever le voile. Je ne suis pas fou.

#### ALIQUE

Ah ! Ah !

#### SOURCIER

J'ai simulé la folie pour me débarrasser de ma femme et vivre tranquille ici. Mais maintenant qu'elle veut me rejoindre, je ne marche plus.

#### ALIQUE

Voyons : si je vous comprends bien vous auriez simulé la folie pour vous séparer de votre femme.

#### SOURCIER

Voilà enfin un diagnostic exact.

#### ALIQUE

Et votre femme, de son côté, s'ennuyant seule au logis, simulerait la folie à son tour pour être autorisée à rester auprès de vous.

#### SOURCIER

Absolument exact.

#### ALIQUE

Donc, vous n'êtes fous ni l'un ni l'autre..

#### SOURCIER

Ni l'un ni l'autre.

#### ALIQUE

Dans ces conditions, je vais vous renvoyer tous les deux.

#### SOURCIER

Non ! Non !

#### ALIQUE

C'est pourtant bien simple.

#### SOURCIER

Écoutez : je crois que je suis de nouveau en cristal, un peu. Ding !

#### ALIQUE

Tout cela est très curieux, mais je suis un peu pressé.

#### SOURCIER

En ce qui concerne ma femme, elle est saine d'esprit, mon cher docteur.

#### ALIQUE

A première vue, je ne vous cacherai pas qu'elle me paraît légèrement... originale.

#### SOURCIER

Son histoire de la statue de la Liberté du pont de Grenelle, mais ça ne tient pas debout !

#### ALIQUE

Tandis que le cristal ou l'amadou... Voulez-vous un bon conseil, monsieur Sourcier?

#### SOURCIER

Oui.

ALIQUE

Couchez-vous ! Je vous trouve fatigué.

## SCÈNE XIV

SOURCIER, ALIQUE, Mme SOURCIER

M<sup>me</sup> SOURCIER

Eugène ! viens m'aider à balayer.

SOURCIER

Ça commence !

M<sup>me</sup> SOURCIER

Je me demande quel est le saligaud qui fait le ménage.

SOURCIER

Vous voyez, docteur.

M<sup>me</sup> SOURCIER, *apercevant le docteur et brandissant son balai.*

Pont de Grenelle ! Liberté !

SOURCIER

Ne l'écoutez pas, docteur ! Elle est folle comme moi !

ALIQUE

C'est ce que je pense.

M<sup>me</sup> SOURCIER

Venezuela ! Tout le monde descend ! Eugène, veux-tu prendre ce balai !

SOURCIER

Retourne chez toi, Mathilde ! Tu seras bien avancée quand je t'aurai scalpée.

ALIQUE

Allons ! allons !

M<sup>me</sup> SOURCIER

J'apporte la lumière et il m'attrape !

SOURCIER

Remporte-la ! On l'a assez vue !

M<sup>me</sup> SOURCIER

Qui est-ce qui commande, ici ?

SOURCIER

Moi !

M<sup>me</sup> SOURCIER, *lui tendant le balai.*

Moi !

SOURCIER

Une dame de bronze !

M<sup>me</sup> SOURCIER

Un monsieur de cristal !

ALIQUE, *les observant.*

Cas extrêmement curieux de contagion vésanique par sympathie conjugale...

RIDEAU

PARIS. TYP. PLON-NOURRIT ET C<sup>ie</sup>, 8, RUE GARANCIÈRE. — 27435.          *Le Gérant :* Maurice DELAMAIN.

# PIÈCES POUR HOMMES SEULS

*Les pièces marquées d'un astérisque (*) sont recommandées pour les patronages.*

PRIX : **2 fr. »**

COURTELINE. — *L'Article* 330, 4 h.
— *Un client sérieux*, 8 h.
— *Théodore cherche des allumettes*, 2 h.
— *Une lettre chargée*, 2 h.
— *Victoires et Conquêtes*, 3 h.
— *Les Gaietés de l'escadron* (3 actes), 22 h.
MAX MAUREY. — *Le Stradivarius*, 3 h.
— *Le Pharmacien*, 3 h.
PIERRE VEBER.—*Monsieur Trulle et le Vicomte*, 2 h.
RENÉ DUBREUIL. — *L'Innocent criminel*, 7 h.
— *Le Crime de la place Pigalle*, 7 h.
MATRAT. — *La Classe*, 5 h.
— *A la chambrée*, 2 h.
— *Le Tableau*, 2 h.
CHIVOT et DURU. — *On demande des domestiques*, 3 h.
HENRI DENIS. — *Dernier réveil*, 3 h.
CHARLES DE BUSSY. — *Le Bègue malgré lui.*
KOTZEBUE. — *A deux de jeu*, 4 h.
LUCIEN PUECH. — *Célibataires!* 2 h.

BOURSAULT. — *La Rissole et Merlin*, 2 h.
— *Esope à la cour*, 9 h.
AUGÉ DE LASSUS. — *Racine à Port-Royal* (vers), 3 h.
GEORGES BOUTELLEAU. — *Oncle Sigismond*, 7 h.
— *L'Étoile*, 5 h.
ADENIS. — *Diogène et Scapin* (vers), 2 h.
JOUHAUT. — *Un duel sans témoins*, 2 h.
HONORÉ. — *Une morale au cabaret*, 3 h.
HÉROS. — *Le Cartel*, 6 h.
VARNES. — *Service d'ami*, 5 h.
— *Une affaire véreuse*, 6 h.
SURIN. — *On manifeste*, 8 h.
— *Un emploi, s. v. p.*, 4 h.
— *L'Affaire Volauvan*, 4 h.
CH. DE BUSSY. — *L'Empoté*, 4 h.
MANQUAT. — *Le Loyal Candidat*, 8 h.
— *Tout se paye*, 6 h.
— *Mes mémoires* (3 actes), 10 h., 4 f.

## DRAMES

BUET. — *Le Bailli de Roubaix* (5 actes), 7 h.
— *Le Prisonnier de Miolans* (3 actes), 20 h.
HENRI DENIS. — *Dernier Réveil*, 3 h.
DE LA BRUYÈRE. — *Le Retour de l'Aigle*, 12 h.

MOUÊZY-ÉON. — *Les Nuits du Hampton Club* (2 actes), 9 h.
BERTIN. — *La Grand'Garde*, 2 h.

## PIÈCES POUR GARÇONS

*La Redingote*, 9 g.
L'Avocat Patelin (version pour 6 g.).
Le Carnaval des Marmitons, 10 g.

Le Grondeur, 8 g.
Les Francs-Tireurs de Strasbourg, 15 g.

# PIÈCES POUR FEMMES SEULES

*Les pièces marquées d'un astérisque (*) sont recommandées pour jeunes filles.*

PRIX : **1 fr. 50**

QUATRELLES. — *La Dame de Niort*, 2 f.
COURTELINE. — *Gros Chagrins*, 2 f.
H. DE FÉRAUDY et J. ROUCHÉ. — *Dead-Heat*, 5 f.
GEORGES BOUTELLEAU. — *Les Ciseaux*, 5 f.
P. FERRIER. — *Fin de bail*, 2 f.
MARC SONAL. — *Nonoche*, 2 f.

PRABONNEAUD. — *Pour une dot*, 6 j. f.
— *Millionnaire*, 8 f.
— *Chez la brodeuse*, 9 j. f.
LUCIEN PUECH. — *Bavardage*, 2 f.
ZUYLEN DE NYEVELT. — *Comédie dans un jardin*, 12 j. f.
NADAUD. — *Un Double Aveu*, 2 f.
BOURSAULT. — *Les Deux Bavardes*, 1 h., 2 f.

**La Librairie STOCK fournit toutes les pièces de théâtre publiées.**

# A LA MÊME LIBRAIRIE

(VOLUMES A 5 fr. 75)

ANSTEY. — *Vice-Versa*. Roman.

G. APOLLINAIRE. — *L'Hérésiarque.*

BARBEY D'AUREVILLY. — *Polémiques d'hier.*
— *Dernières polémiques.*

E. BARRET-BROWNING. — *Aurora Leigh.*
— *Poèmes et Poésies.*

BJŒRNSTJERNE-BJŒRNSON. — *Au delà des forces.*
— *Un gant. Le Nouveau Système.*

LÉON BLOY. — *Belluaires et Porchers.*
— *Propos d'un entrepreneur de démolitions.*
— *Le Salut par les juifs.*
— *Résurrection de Villiers de l'Isle-Adam.*

ÉLÉMIR BOURGES. — *La Nef.*
— *Le Crépuscule des Dieux.*

BRIEUX, de l'Académie française. — *Théâtre complet.* Le volume 9 fr.

JACQUES CHARDONNE. — *L'Épithalame.* Roman, 2 vol.

BENJAMIN CONSTANT. — *Lettres à sa famille.*

ABEL FAURE. — *L'Individu et l'esprit d'autorité.*
— *L'Individu et les diplômes.*

PAUL GÉRALDY. — *Toi et Moi.* Poèmes.

ÉMILE GUILLAUMIN. — *La Vie d'un simple* (Journal d'un fermier).

LÉON HENNIQUE. — *Un caractère.*
— *Pœuf*, 2 fr. 80.

IBSEN. — *Le Canard sauvage.*
— *Solness le constructeur.*
— *La Dame de la mer. Un Ennemi du peuple*, 1 vol.

J.-H. ROSNY. — *Le Bilatéral.*
— *L'Immolation.*
— *Le Termite.*

RUDYARD KIPLING. — *Lettres de marque.*
— *Au hasard de la vie.*

RUDYARD KIPLING. — *La Cité de l'épouvantable nuit.*
— *Parmi les cheminots de l'Inde. Une vraie flotte.* 1 vol.
— *Nouveaux Contes des collines.*
— *Trois Troupiers.*
— *Brugglesmith.*
— *Chez les Américains.*

KROPOTKINE. — *Autour d'une vie.* Mémoires, 2 vol. à 5 fr.
— *La Grande Révolution.*
— *Champs — Usines — Ateliers.*
— *La Conquête du pain.*

JEAN LORRAIN. — *Les Lépillier.*
— *Très Russe.*
— *Modernités.*

PIERRE MILLE. — *Paraboles et Diversions.*

MARLOWE. — *Théâtre*, 2 vol.

T. DE QUINCEY. — *Les Confessions d'un mangeur d'opium.*
— *Souvenirs autobiographiques du mangeur d'opium.*

SHELLEY. — *Œuvres poétiques*, 3 vol.
— *Œuvres en prose.*

STRINDBERG. — *La Danse de mort.*

SWINBURNE. — *Chants d'avant l'aube.*

A. SCHNITZLER. — *Anatole.*
— *La Ronde.*

PIERRE VEBER. — *Les Belles Histoires.*

OSCAR WILDE. — *Intentions.*
— *Le Crime de lord Arthur Savile.*
— *Le Portrait de Dorian Gray.*
— *La Maison de la courtisane.*
— *Une maison de grenades.*
— *Théâtre*, 3 vol.

St. E. WHITE. — *Terres de silence.*

TOLSTOI. — *Œuvres complètes.* Traduction littérale et intégrale sur les manuscrits originaux.

www.ingramcontent.com/pod-product-compliance
Lightning Source LLC
LaVergne TN
LVHW021810060726
842528LV00003B/1240